詩集

虹

月岡一治

NIJI

Tsukioka Kazuharu

ふらんす堂

詩集　虹　＊　目次

詩集　虹

誰がやさしい

秋になり　庭に鳥の気配がなくなった
ナナカマドも
アズキナシも　赤い実をつけているのだけれど

野山は今
おいしい実や種を　どっさりと用意している
黄金色の稲の穂先に群れて乗っかっている
にぎやかな雀たちを見た
畑では柿の木が
ほら　もう食べられるよと熟れた実を垂らして

小鳥たちには　風もごちそう
青い空さえも

誰がやさしいのだろう
みんな　やさしい
木も　草も
風も　空も
水も　土も
あたたかい陽ざしも　だから
どうしてまた卵を温めずにいられよう
雛が開ける口に餌を運ばずに
無防備な鳴き声をまもらずに

誰にも明日のことはわからない
けれど
目にうつるもの
からだをすぎていくもの
みんな　あたたかく　やさしい

パパがいない

一階の和室の畳の上で五歳の兄が
ママに逆さ吊りしてもらって喜んでいる
七歳の兄と二歳のおまえは
おなかが見える姿に大笑い
するとおまえは突然涙ぐんで
和室を飛び出し
キッチンへと走っていった
リビングに立って見ていた私と妻は
何が起きた　と思った
この子はこんなにも楽しい瞬間にパパがいない

ことに気がついて
涙を浮かべて走った
父親を見つけると
小さな両手を上げて向かっていく
おおどうした
と父の笑顔に抱き上げられ
和室にそろうと
願いどおり父　母　兄たちと一緒になって楽しそうに笑っていた

まだ二歳ちょっとなのに
楽しいことを
家族みんなで楽しみたくて涙ぐんで父をさがし
小さなかかとをあげて父にだっこされたちびちゃん
よかったね

いままでのきみのたのしいことは
みんな
パパ　ママ　おにいちゃんたちと
いっしょだったんだね
いつだってなにもなくてもきみたちは楽しく暮らしていける
こんなにあったかい気持ちがあるんだもの

虹

おばあちゃん　大きな虹が出ているよ
雨が上がった空に　大きな虹がかかっていると
小学校から帰ったばかりの孫たち
出てみると
家の前の歩道で
妻と三人の孫が　目のまえの虹に見とれていた
六十六歳　十歳　七歳　四歳
四つの背中

この七色の　空のやさしさをおぼえていられるかな?

と　いうように
虹は　空のなかへと
きえていった

僕は　きみたちが家庭を持った
とおい日の
おだやかな休日の庭をおもっている
きみたちが　庭木にシャワーで水撒きをしている
目のまえに
ちいさな虹が　やさしくうまれる
横には　何歳の子どもがいるのかな?
奥さんの声が　聞こえる

きみたち　思いだしてくれないか

昔　おじいちゃん　おばあちゃんと眺めた
大きな虹
空が　深くやさしかったこと
わたしたちが　まだ
げんきだったこと

七五三

秋が深まった十月末　ゆるやかな参道を歩いて
五歳の子の七五三参り
写真スタジオで着付けてもらった衿元白い羽織袴
やんちゃっぽくはねている髪
きれいな白扇を細い腰にさして

まあ　かわいい…
おめでとうございます…
すれちがう参拝者たちが祝福して下さる
ありがとうございます…

手を引く私と妻は
その小さな手を　そっと確かめる
まだ　にぎりかえすことをしらない小さな手
と　ぱっと私たちの手をほどき
白足袋に草履　袴をゆらして小さな体が
急な石段を肩を上下させながら必死に上っていく
何が　あった…
私たちが拝殿前の広場に着くと
父　母の手を握る
うれしそうな五歳の顔があった
先を歩く父　母の姿が見えなくなって
幼い心に不安がこみ上げ
姿を追ったのだった

そっと　私たちに幸せな役をさせてくれた
息子夫婦
父　母の後ろ姿にさえ安心が生まれる幼いこころ
笑顔で手をつなぐ親子の姿が
私たちのこころをふっくらとあたためてくれる

とびっきりの笑顔

七五三のお祓いを待つ弥彦神社の控室で
私と妻が畳に膝をつき
真ん中に立つ孫に寄り添っている写真
着付けてもらった羽織袴に白扇を持って
晴ればれと小さくえくぼを浮かべている五歳
それにしても
私がスーツ姿でこんなにもうれしそうに微笑んでいるなんて
こんなにも
小さな孫の節目を祝福するおもいに満ちているなんて
私は　この年に緊急手術を受けていた

あとどれほど今の生活が
いつ　どんな終わりが　と
弱気になっていた

なにが
野山や川　町並みを輝かせ
翳りをつくり
夜の安らぎと明日をあたえる太陽の陽ざしのように
私たちのこころを繰りかえし照らしているのだろう
なにが
子から孫へといのちを伝えていくよろこびをつくるのだろう
写真を撮ったのは長男
いまあたたかく照らされている私たちの姿に

シャッターを押してくれた
羽織袴すがたの五歳が
たいせつに祝われて
とびっきりの笑顔を浮かべている

巣

家の裏周りのレッドロビンの生け垣を
頭の高さほどに剪定してもらっていると
棟梁が
鳥の巣があるよ　と指さす
孫たちに見せたいと妻が頼むと
枝葉を一本ずつ翼のように左右につけて
取り出してくれた
中には六個の小さな卵が
まだぬくもって静かに

小学生の三人の孫たちは
おばあちゃんが見せる巣に目を輝かせて
どこにあったの？
卵　孵る？
あとで玄関に飾られた巣の横に
　大切にする　さわらない
と兄弟が鉛筆書きした紙があった

ひと雨ごとに成長していく子どもたちよ
雨上がりの空に
虹を見る子どもたちよ
きみたちもいつか見えない木に
巣をかけさせてもらうといい
親鳥になって　子どもを育てるといい

そのとき　空も風もやさしいだろう
レッドロビンの葉は陽に輝いている
きみたちが暮らす一日一日への私の思いが
澄んだ願いとなって今日の空を渡っていく

節分

今年も二階の長男家族が賑やかにおりて来ると
鬼の面をつけた父親がリビングで両腕を上げ
まだ小さな息子達に声をあげる
豆をぶつけるどの子もお父さんが好き　やさしく投げる
嬉しそうに見ている母親
父の鬼は玄関から逃げていった…
戻った父とみんなで夜の庭に豆を撒く
と　先頭に立って
誰よりも楽しそうに豆を撒くおばあちゃんの姿
みんなで声を上げ

誰もがこの夜のうれしさを記憶していく

まだ小さい肩をした子ども達の心は
前のお盆に家族して曽祖母を見送ったかなしみを
覚えているだろうか
生まれてくればわかれがあると知るのは
ずっとあとのこと
父　母に連れられてうれしそうに二階へ戻っていった

一緒に暮らしていけて
こんな今があって　幸せだね
そろって元気で
孫たちがかわいい姿で立っていて
すべてが嬉しい　と妻

いつまでも続けばいいのにね……

来年の今夜　子ども達は
気持ちよく背が伸びていることだろう
どんなにか嬉しいだろう　私たち

ある休日

朝　室内から庭の紅葉に見とれていると
コン　と部屋の外壁にものが当たる音がし
野鳥が一羽　ガラスごしにぽとりと落ちてきた
ガラスサッシをあけ
ウッドデッキの先を見ると
小さなマヒワがころがり　動かない

このまま息絶えるかと思ったが
数分後　痙攣して右羽を扇のように広げる
やがてうずくまり

目を閉じたままあらく肩呼吸をくりかえす
別の室内から見ていると
一時間後　ちょん　ちょんと歩きだした

わたしは猫　カラス
空を旋回するトビからこの子を護るため
そっと　庭に立った
気づいたヒワは必死につつじの上に飛び
少しずつ高い木へと…
そのたびに苦しいのだろう
目を閉じ　動かない
ついに庭で一番高い常緑樹のてっぺんに立ち
何度か瞬きすると
離れた川向うまで揺れながら飛んでいった

大切な秋の休日の三時間を　一羽のヒワに使ってしまった
でも　私はうれしかった
ヒワの危うい命に自分を重ねたけれど
どうにか無事に飛んでいった小さな翼を見とどけて

キジバト

庭をゆっくりと確かめるように歩く
雌のキジバト
何を　思いだしている?
いつも番いでこの庭に来ていたのに
今日も一羽
さみしそう
きっと
突然の別れだったのだろう
あたたかい記憶の中にもういちど立ちたくて

この庭に来てみたの？
そこの陽だまりはふたりが翼を広げて日光浴
たがいに羽づくろいをしたところ
今もふんわりと　苔の緑があたたかい

キジバトの目は
室内から見ている私と妻を振り返ると
ともに歩く見えない雄鳩にうながされるように
地面から飛びたっていった
さみしくなったら　いつでもこの庭においで

大きな空の心よ
ひとり
羽ばたくこの雌鳩の姿を

そっと
包んでやってください

小さく鳴く声が

早朝　聴きなれない小鳥の鳴き声で目が覚めた
この寝室のすぐ近くにいる
そっとカーテンを開けると
足元のウッドデッキに愛らしく
黄色い小鳥がしゃがんでいる
小さな黒い目が私と妻を見上げて　小さく鳴く
カナリア……
誤って飼い主の籠から飛び出したのか
これはだめだ
何もしてやれない

私は短慮からそっとカーテンを閉めた

ベッドに戻り
人に慣れているからそおっとガラス戸を開けると
逃げないかもしれない
手に乗るかもしれない
助けてやれるかもしれないよ
と　もう一度そっとカーテンを開けた
いなかった
カナリア
生きられないだろう
たった一羽で

籠と窓が開いていたのはどなたかの計らい

偶然ではなかったとしたら……
そんなふうに命の終わりへと導かれることもあるのだろう
束の間でも自由に空へと羽ばたいた歓喜のあと
無残ではなく
疲れて眠るように旅立ってくれればいいが
穏やかな最後を願う
一羽のカナリアに
私たちに

母の誕生日

夜　妻が一人のはずのダイニングルームで
ひとしきり声がする
静まった後いって聞くと
いまみんなで私の誕生日を祝ってくれたの
おめでとう　と
一人ずつハグしてくれたの…

二階にいる長男家族が下りてきて
息子　小学一年　四年　六年生の男の子
嫁さんと

それぞれの背丈で

孫たちはすこし照れて
去年まではわたしの顔の絵を書いて
それぞれの成長を贈ってくれたのだけれど
今年はとっても温かかった
一人はもう私の背丈を超えているの

みんな揃った夕食で祝えなかった今年
母親が無事に迎えた節目の一日を
素通りさせてしまうなんてできない長男
小さくなった母親の姿に　こみ上げてくるものがあったのか
大きな体でいたわるようにそっとハグすると
やさしい顔になって

お休みと言い　戻っていった

父親が母の誕生日を祝う姿を見て
小さな子どもたちの心は気づいていく
親子ってこんなにもあたたかい
ぼくも生まれてきたんだ
親子に　なって

おふくろの味

息子たちの
おふくろの味ってなにかしら
ないのかもしれない…
と妻がいう　春のお彼岸の朝

ちょうどやってきた三男が
ちょっと考えてひとつ
私が遠くで暮らす次男にメールすると
即答してひとつ　さらにすぐ二つ目が携帯に届いた
夫婦して這い這いする子を連れてきた四男がふたつあげる

長男には今夜きくことにしよう

ひとつひとつの手料理に少し驚いて
妻は　嬉しそう
私の母の簡単な料理がひとつ入っている
味をよくして　そっと引き継いでくれた

子に毎日食べさせることを
とっくに終えている今
妻は　何が心配になって
おふくろの味といったのだろう

しっかり母親になっていたね　と言うと
こぼれる笑み

父親が仕事でいない夕食
心のよりどころの母親と
兄弟して小さな体を寄せあって食べた　母の味
久しぶりにそろった春のお彼岸の夕食
なつかしく子どもの頃を思いだしている息子たち
どの笑顔も　母を囲んでやさしい

月

テレビが一日のニュースを伝え終えて
夜がゆっくりと更けてきた
妻にもう休もうというと
居間から庭に向くカーテンとガラス戸を少し開けて
夜空を見上げる

満月よ　きれい
見ると　満月にもう少し
でもきれいだねえ　と言っていると
二階のバルコニーから声が降ってきた

見上げると手すりに手を置き
息子がにこやかに見下ろしている
どうした?　と聞く
親父たちの声がしたからさ
と　笑顔で言う
たったこれだけの会話なのに声が聞けてうれしかった
おなじ家にいてくれて一日の終わりに話ができて

おやすみ
私たちも　もう眠るから
ああ　おやすみ
と　朝が早い息子
大切な　息子
　あの小さかった長男が

もうとうに四十を過ぎているのか　三人の子の父親なのか

今夜の月は
とてもいい仕事をしてくれた

再会

住んできた家を取り壊すことになった
新しい耐震基準を満たさず気密性も悪く
冬の暖房は屋根裏に漏れ屋根の雪を溶かし
長く太いつららを幾本も軒先に垂らした
跡地には末の息子が家を建てる

解体クレーンの重い爪が屋根や柱を高い所から剝がしていく
壊された空間から暮らした記憶が埃となり空へと舞っている
家を建てた日の喜びの青空
取り壊されていく姿を見る悲しみの青空

六年前の春のことだった

これ　なんだかわかる?
子ども達はすぐにわかったけど
大晦日の午後妻が私に小さなかけらを見せる
タイルのかけらだねえ
前の家のお風呂のタイルよ
旧居に建てた家の庭に光っているのを今日息子が見つけた
しかも浴室があった場所と反対のところで
こんな律儀なタイルがどこにいる
みんなみんな解体業者のトラックに乗って消えていったのに
会いに来たんだ　六年たったこの大晦日に

おまえ　残っていたのか　生きていたのか

私たちはみんなおまえを覚えているよ
おまえなんて言ってごめん
私たちを大切にしてくれたあの家をともに懐かしんで
これからもずっと　一緒に暮らしていこうな

家の声

新居に引っ越して初めて迎えたこどもの日
二階に住む長男夫婦が二人の子どもと下りてきて
リビングの新しい柱に背中をつけさせ
父が何のためらいもなく鉛筆で一人ずつ背丈を引いていく
美しい木の肌に痕が残る
でも私たちは　嬉しかった
この家は孫たちが成長していくところ
毎年こどもの日に背丈を刻んでいく柱がなくては…
翌年からも朝嬉しそうに順番を待ち
背筋を伸ばす小さな子どもたち

ティッシュボックスを頭の上に乗せて測る父の嬉しそうな表情
それから三男も生まれて
今では背丈のあとが高い位置まで宝物になって残っている

私たちをずっと見守ってくれた旧居の居間の柱にも
四人の息子たちの背丈を嬉しくしるした幾つもの目印が
残っていたっけ
家にも寿命があって
その柱も大切な思い出の空間も失ってしまったけれど
背くらべは今も新しい柱で続いている

よかったこと
私と暮らしたご家族がみんな無事で
今度は新しい家で

かわいいお孫さんたちの成長を見守ることができて
そして私を思い出していただいて

私たちの父になり　母になりして年老いていった家であった
私と妻は懐かしく
今はないその家の柱の声を聴いている

祈るように枝先に

冷えた秋の朝　陽が当たる家の壁に
数匹の赤とんぼが張りついている
そこが枝の先よりあたたまる
すこしでも体を温めようとする日々になったんだね
あ　また一匹とまりにきた

ヤゴだった水の中から真夜中草の茎によじ登り
朝方までに羽化して飛び立たなければならなかった
それができた
子孫も残した

なんとかここまで生きてきた
あとは静かに眠りにつくときを待つだけさ
と小さな体は言わせない
そんなにわずかな「た」だけで私たちを語らないでくれないか
空の色　草のにおい　風のこえ　露のあじ
うつくしく　やさしく私たちを包んでくれた　楽しかった
かわいい目をした相手にめぐりあい
水辺に卵をたくさんうみつけた　そして
今日みたいに晴れた日はもうちょっとこの世で遊んでから
満足してそれぞれに死んでいくのさ
人間はやわだなあ
おれたちの度胸は昔っからの筋金入りさ

あっ　飛びたった

紅葉した葉の枝先に幾匹もとまって
かわいく小首をかしげる
きみたちは強いね
なきもせず
残りの日々の陽に温められ
祈るように手を合わせて枝先にとまる

あと七年―金婚の日まで―

母は　父に会ったかしら……
高齢で旅だった妻の母は
まだ若くして亡くなった夫と
見送ったころの姿に若返ってから会う　と妻が言う
待っていた父がすぐにわかるでしょ
途切れていたふたりの生活が　また始まるの
あの世でも
娘の心の中にあたたかく生かされている二人
私たちも　あとから行く方が若返って会うの

そうか
あの世でもふたりの今の暮らしを続けたい
続くと思って
きょうを生きているのか

穏やかに毎日を繰りかえすいまの喜びが
あの世でも与えられると思うと
心が　いっそうおだやかになる
そんな幸せなことが
この世の命が終わった先に　待っていると考えよう

ともに老人の体になったけれど
自然なことだよ
まだ動けるし　幸せなことだ

あと七年で　私たちは金婚の日を迎える
その日があるといいな
なくても　あの世で二人
小さくなった姿で迎えよう
考え方ひとつで不安もさみしさも穏やかな安らぎに変わる
連れあいって　ありがたいな

幸せ海岸

いつだって立ってきたこの砂浜に
老いた今では親思いの次男に連れられ
イソメまで付けて用意してくれた釣竿の仕掛けを
教えられるあたりに振りこんで
海の恵みと向かい合う
広がる空と陽ざしを楽しみながら

秋も深いというのに
少し離れて立つ妻に立派なシロギスが釣れた
嬉しそうに私を見る

岩場を見に行った息子が砂浜を走ってくる
子どものころとおんなじ走り方で
あんたも釣りなさいと母が言う
すると彼に透き通るような美しいキスが次々と釣れた
どれも太って大きい
こんな日があるんだねえと楽しむうちに
妻の竿先が海に引き込まれ
サバが釣れだしビチビチと身を震わす
すると波打ち際に小さな細い魚が一匹逃げてきた
水面がざわつき大型魚が小魚を追いかけるなぶらが発生している
息子が素早く仕掛けをジグサビキに替えて投げ込むと
立派なアジが幾匹も海面をたたいて上がってくる
海にはサバ　アジ　小さな魚の群れ
砂浜には私たち三人

釣れるたびに褒めあいたがいの嬉しい顔を見る

こんな日は初めてだけれど
いつだって立ってきた　息子に連れられて
親子で　夫婦でキス釣りを楽しんできた
不思議と釣り人は私たちしかいない静かなこの浜に
夕暮れとともに満ちてくる幸せ
もう立てない日が来ても楽しかったねえと話し合う
いつまでも目の奥に静かに広がっている
私たちの幸せ海岸

七十年

七十歳になった
当日の朝は　心にあふれてくる喜びがあった
ここまで生きて来られた
どこかを登ってきたのだろうか
眼下に七十年の時間の平野を見渡す思いがあった
男の私には　あってもこの先十年
ほほ笑んで暮らすことだ

玄関には長男家族と　私と妻の履物
少しずつ大きくなっていく孫たちの履物を揃えるとき

ひとり一人の顔と
毎朝　どの子も　旅程の長さを知らされないまま靴を履く
けなげさを思う

祝ってもらった夕げ
おめでとうの言葉といっぱいの笑顔
つかまり立ちするようになった孫まで
抱かれると笑顔をくれた
おまえももう　歩きだしたんだね

息子が撮ってくれた幾枚もの写真の中で
小さくなった体　うすく白い髪
私が皺をつくって笑っている
七十歳になったことが嬉しくて

妻も子も　孫たちも笑っている
そんな　喜ぶおじいちゃんの姿が嬉しくて
どなたに感謝しよう
私に　もう七十年の時間が過ぎている

弥彦公園もみじ谷

十月のある日がんセンターから帰った妹が会いに来た
今日末期がんだと言われたの　と言う
また別のがんなの…
昼近くだったので妻がお昼を食べに行きましょと誘った
近くの大きな蕎麦屋で妹はそばと寿司のセットを頼んだ
食べられるわけもなく残し
弥彦神社に行きましょと妻が言うと嬉しそうに行きたいと言った
車で小一時間　三人して大きな拝殿に立って祈った
神社近くのもみじ谷は紅葉の名所　歩くと秋の陽に燃えている紅葉
谷にかかる観月橋から眺め　きれいだねえと声を掛け合って散策した

今日八月　お盆も過ぎた初秋　妻に連れて行ってもらい
もみじ谷を歩いた
妹が一緒に歩いているようだった　振り返り　青空を仰ぎ　振り返り
人のいない残暑の小道をゆっくりと歩いた
本当に一緒に歩いているようねと妻が言う
私は妹の名を隣りにいるように呼んだ　緑のもみじもきれいだねえ
と話しかけた　ほら見てごらん……
小柄な妹が私と見ているようだった
私の目に不意に涙がこみ上げ小さな嗚咽がとまらなかった
親との別れと違うんだよ…と私は妻に言った
妻は一人っ子だった
親は先に逝くものと後で思えるけど　あなたの場合
妹でしかも十歳も離れているからつらかったのよと妻が言う

もう五年がたったのねえ
妻の言葉に聞き返した　もう五年もたったのか？
妻は妹の名を言い　幸せね　兄さんにこんなにも思ってもらって
と言った　妻の声がふるえていた
私はよこを歩く私にしか見えない妹に聞いた
　生まれてきてよかったか？
うん　みんなに会えた
妹の笑顔

しばた市いじみの公園

歩きながらこれが恋人つなぎよと妻が私と手をつなぐ
指の関節がきつくて痛いよとほどくと
こうしてあなたの手を引いて私が歩くと介護つなぎ
人にはあなたが介護されている老人にみえるの
言われた私はその気になって腰を引いてとぼとぼと歩く
でもまだ大丈夫ね

いつからこの公園に来るようになったのだろう
公園のあやめ祭りが人を集め妻の生まれそだった城下町だから来始めた
年に何回もいやもっとそして五十年

春は小枝の芽吹きがほほえましい　鶯の初鳴き　セリ　わらび採り
初夏　親をさがすように私たちの体にとまる羽化したばかりのとんぼたち
空に飛び立っては幹にもどるセミたちの鳴き声
見上げて足を止め　歩いてきた自然の森公園の小道から小道

最近歩くときよくあんたから手をつなぐけど
年をとって僕を頼るようになったから？
ちがうちがう　最近足がよろけるようになったのよだから
転ばないようにつかまっているの　体の安定をとるためね
なんだそれだけか
半分心の安定をとるためかな両方ね

数日前タニタの新機能の体重計をテレビショッピングし届いた初日に
私の足腰年齢は八十歳と出た　ええーっ　実年齢と五歳しか違わない

ことを忘れてうろたえる
広いあやめ畑を見わたす道で手をつなぐ妻がつまずいたおっと
気をつけろよおっと私も転びそうになった
そうかこれからは人がいないところでは手をつなぐか
人がいてもよ　妻がグイと私と腕を組みなおした
わたしのこころの安定はずっとこのひとのおかげだったんだなあ

小さな失敗

私の七十五歳の誕生祝い　夕食前に集合写真を撮った
前列に私と妻を入れて五人が座り　あと七人が後ろに立つ
前列端の三男がタイマーを仕掛けて素早く席に戻る
はずが途中でフラッシュが光る
ああ　と笑い声
たった二秒の設定なんてありえないよう
と聞いたみんなが笑う
今度は十秒で撮り直し

出来上がった写真を見ると失敗写真のほうがずっといい

右上の端に慌てて戻る三男の横顔
何人かがあっと言う顔でその彼を見て笑っている
その温かい笑顔
みんな仲がいいなあ

にぎやかな写真を大きくしてその両方を家族ごとに持たせた
和やかな雰囲気が失敗した写真の笑い顔の中に
よりいっぱいはいっている
ああ…　のため息も聞こえて

小さな失敗もいいもんだなあ
私ときたら風呂上がりの夏パジャマ姿
どちらの写真の笑顔も胡坐をかいて変わらない
安心して妻と並んで座っている

この歳まで生きた　と満足そう
二人ともまた少し小さくなったなあ
見ると私たちの前に五歳の孫がちょこんと座っている
真似して胡坐をかいて
今年もコロナで来られなかった横浜の息子も
来年は大喜びして来てくれるだろう

私の呼ばれ方

あなた…　結婚した
パパ…　男の子誕生　抱き上げ　手を引き　パパは遊んだ
とうちゃん…　小学生の息子たち四人が
　いつのまにかそう呼ぶようになった
　なんでだろう
お父さん…　妻の呼びかたも変わった
おやじ…　は長男だけ
　巣立った後もほかの子はとうちゃんのまま
おじいちゃん…　初孫の誕生　五人まで男の子
　さいごに初めての女の子　こわごわと抱っこ

じいちゃん…　二歳にならない孫娘が
かわいい顔してちいさく呼ぶ
数日前まで　じい…　としか言えなかったのに
おじいちゃん…
　今は家族がいると妻までおじいちゃんと呼ぶ
　　もう若返られないんだなあ

私はこれからも子と孫たちの名を呼び続けよう
息子たち　孫たちよ
幾つもの呼びかたをありがとう
どれもやさしくてあったかいよ
私はもう最後までみんなのおやじ
とうちゃん
おじいちゃんだよ

とってもきもちがいい
なあ　おばあちゃん

わたしがそばに

（おいしい…）
ひとりみそ汁をのむ妻がつぶやく
おいしいよなあ
わたしもさいきん　口にするものすべてが今までになくおいしいんだよ

新潟平野を妻の運転で走る助手席で
ほら見てごらん　田んぼも山も空もとっても美しい
こんなにもきれいだったんだ
きがつかないまま通りすぎてきたんだなあ

おかあさん
これはまずいよ　わたしのお迎えが近いんじゃないか
どこにいてもすべてがおいしくてうつくしい
さいごのほほえみがむけられているんだよ
これはいよいよ…

それとも仕事が少なくなって
食事をゆっくりととるようになって
いただく自然の恵みに感謝するようになったからだろうか
一日の時間をうれしく味わうようになったからかな
これまでと変わらない家庭料理なのに
高齢になって味覚がふかまったのだろうか
それともあんたの料理の腕が上がったのか
ちょっと　話しかけないでくれる?

運転できないから…

稲穂に雀たちが遊ぶ　それだけで嬉しい人です
ながく働いて夫はおだやかに仕事をおわっていこうとしています
満足しているのでしょう
するとすべてがおいしくてうつくしい
もう少し楽しませてやってください
わたしがそばにいます

それはよかった

私は息子と言葉を交わすことが少なくなっていた
彼の朝の出勤前　二階から
一階の台所に野菜ジュースとお茶一本を取りに来るとき
居合わせればおはようと声をかける
おはよう…
私は息子の体調を気にかける
かわりないか？
ああ…
急ぎ足ですたすたと玄関にいき外の車へと向かう
（おや忘れていった　靴ベラの横に…）

愛妻弁当は忘れていないか息子よ

私が七十六歳になった夜
夕食を終えて妻と食卓の椅子にいると帰宅するややってきた
おやじおめでとう
ありがとう
げんきか?
私の肩を長い指でもみ始める　イタイイタイ強すぎる
緩めて大切そうに揉みなおす
終えると冷蔵庫から小さい缶ビールひとつ出して飲みながら
子どもたちの様子をざっと話して二階へもどっていった
そうか　おやじげんきか　それはよかった
と戻る後ろ姿が言っている
数日たてば記憶に残らないとりとめのない会話でも

その夜の私は嬉しかった
おまえの話は父にたくさんのやすらぎをくれた
子どもたちと野球を楽しみあかるく暮らす夫婦の生き方がすきだよ
愛すべきこと　大切なことがたくさんあんたたち親子のなかにある
中年の体だ　メタボに気をつけるんだぞ
大きな安堵をもらって私はまだまだ歳をかさねていける

それでいいの

七月のある日曜日　新潟市の自宅から小一時間
三台の車に分乗してお寺があるしばた市に向かった
今日は九十六歳で旅立った妻の母の七回忌を営む
白い雲がいすわる七月の青空をながめお寺の本堂に入る
しばらくぶりのご住職は美しい白髪のままさらに年老いておられた
ときに間があく読経の声　鐘の響き　ゆれる焼香の煙
終えて　礼を述べ　次の法要は十三回忌でしょうかねえ
と私　遠いですねえ　私いるかなあ
すると妻が　私いないかも知れない　とぽつりさみしく言う
どうしてそんなことを…

妻と二人で帰る車中で
お墓に花を供えるとき孫たちに　法要の日とお盆はとくに
なくなった人を思い出してあげるんだよ
大切なことだよ　と教えておいた　伝えておかないとな
と言うと　今日長男の嫁さんと二人だけの車で来た妻が
彼女によく話したの
法事や親戚付き合いで払う金額とか
そのほかのこと　ノートにみんな書いてあるから
私がいなくなったらさがしてねって
そしたら彼女　おかあさん　まだ早いですよ
ではなく　分かりましたって頷いたの
さみしかったけど　とてもいい時間だった…
ああそのさみしさが　十三回忌にはいないかもと言わせたのか

息子たちは　私たちの法要をどうするかなあ
昔から本家筋が仕切るから　長男が三人の弟たちに
呼びかけるのかなあ
私　法要なんかなくてもいいの
子どもたちの胸の中を　私たちがいつも歩いていて欲しい
ときどき笑ったりして
それでいいの

父の決断

五月の晴れたある日私は東京の学会に出席するため
バスで吊革につかまり街の中心部を新潟駅に向かっていた
窓の外を見ると私のバスが止められている信号を渡ろうとして
ああ　とあきらめた薄紺のスーツ姿の男性がいた
父だ　バスが動き出して遠ざかる
陽をうけて爽やかに働く姿が嬉しかった

私は三十一歳の時　埼玉の浦和に住む父に
ずっと新潟市で暮らすよと伝え　こっちに来ないかと誘った
なんと父は動いた　未だ五十五歳

国家公務員でいい地位にいたのに
早期退職をして息子家族と一緒に暮らすことを選んだ
父の決断であった
私は長男なのに大切に育ててくれた父をおいて
妻の両親と新潟で暮らしていた
父は私に何も言わなかった
そんな息子に父は自分から動いたのだった

すぐ近くの土地に美しい家が建った
花がこぼれる花壇とふた畝の畑
夏は孫たちと海水浴　秋には私と魚釣り　キャリアが生きる新しい仕事
神様が下さった至福の六年が過ぎた
六十一歳の誕生日を私たちに祝われて間もない一月の朝　職場から
病院で勤務中の私に救急隊から電話

お父様から息子がいる病院に運んでくれとのことです
これから向かいます

先輩外科医たちの的確な判断で父はすぐ大学病院血管外科に運ばれた
教授と熟練医たちが待っている
搬送しながら私はストレッチャーで運ばれる大柄な父の手を握っていた
(手術になるのか?)
「そうだよ　でも大丈夫だから…」
翌早朝手術台の上で息絶えるとも知らず
これが最後の会話だった

大正十一年新潟県今の糸魚川市に眼科医の末っ子として生まれ
医師の兄姉たちと違う道を歩いた
最後の六年間を故郷とおなじ海の波が寄せる県都で息子と暮らした

私は　父の決断後を語りすぎてしまった
儚く　美しい父の生涯を見た
いつまでも息子家族の顔を見　声を聴き　ともに笑う
父の決断にはきっと　この素朴な願いがあった

どうしたの？

可哀そうだけど言わなくちゃいけない
あんた最近　言うことがおかしいよ
話しかけても
返事が的外れだし
一度専門の医師に相談してみようかねえ

妻は私の目をじっと見て
ずっと言わなかったけれど
私　あなたにおんなじことをかんじていたの
話しかけても

聞こえていないこともふえていて

ある日
私は不思議におもってきいた
おまえ
どうして目になみだをためているの？

あなたがわたしのなまえまでわすれているから

そんな日が
ずっとずっとときませんように
わたしの目になみだが
あふれることもありませんように

今日は楽しかった

楽しい　今日は楽しかった　ということが
ふえてきた
たとえば今日　すばらしい秋晴れ
妻の運転で紅葉の妙高高原に出かけた
麓の町の小学校に私は通った　妙高山が見えた
学生時代ここで距離競技のスキー合宿をするうち妻に出会った
ときは雲とともに流れ
きょう山頂も　映すいもり池も　紅葉も
どのけしきも美しかった
ひんやりとした秋風にたつ白樺の木立

見ていることがたのしかった

よかったわね
こどもみたい
くちにするものはどれもおいしい
眺めるけしきはみんな美しい
そしてどのひとときも楽しいなんて

そうか　ぼくはこどもか
だんだんこどもにかえっているのか
ながくいきさせてもらって
こどもにかえっているんだ

きもちがいいなあ

いつもたのしくて
おいしくて
うつくしくて
ありがたいなあ
至福のひとときをあたえられて
妻がかみさまになって
いつもわたしにほほえんでいる

ペイン、ペイン、ゴーアウェイ

一日1回7分　かるく妻の肩周りをマッサージする
きょうは888回目だぞ
ずいぶんになったなあ
妻がにっこりして
じゃあ次は目指せ1万回
とあかるくいう
そんなに僕は生きていない
あんただって多分この世にいないとおもうよ
二人　小さな声で話す
1万回かあ

めざすっきゃ　ないね
あんたの体の節々の痛みがうそのようにとれたのが嬉しい
（痛いの、痛いの、飛んでいけ）は気持ちが軽すぎる
心から願って笑顔でさすると不思議な力が痛みを軽くする
深い愛情がそうさせる
薬がない昔から
子がいる母親は知っていたと思う
老いて痛む母の体をそっとさすったと思う
夫婦だってそうさ

さあ1万回めざして
夕食が済んだら椅子のクッションにもたれなさい
テレビを観ててもいい
眠ってもいいよ

これをやめたらまた痛むだろ?
そしたら僕も痛むんだ
だから無言でさする

あとがき

毎日の暮らしの中で、自分のなかに湧く折々の気持ちを書きとめてきました。それを詩と呼ぶことにし、幾つかを集め、このたび新たに一冊の詩集にいたしました。

どの詩も、私たち家族の暮らしをうたったものです。読み返しますと、写真はないけれど、ここにも家族のアルバムがあるのでした。幸せな時間があたえられてきたことに、亡き父母と、目に見えないやさしい大きな力に感謝します。

私は今年、喜寿の年を迎えます。名を呼びあって生活してきた家族とともに喜び、寿ぎたいと思います。高齢になると抱く避けられない感慨が私にもありますが、それはそれ。もうすこし、家族そろって穏やかな日々に恵まれますようにと、心から願っています。

この詩集の上梓はすべて詩誌「アリゼ」主宰、以倉紘平先生のお力によります。心から感謝申し上げます。喜寿を迎えても、師新川和江先生にいただきました温かく優しいお言葉を忘れることはありません。ありがとうございました。

二〇二三年五月

月岡一治

著者略歴

月岡一治（つきおか・かずはる）

1946年　新潟県上越市生まれ
　　　　日本現代詩人会会員
　　　　詩誌「アリゼ」同人

詩　集　1989年　『少年 ── 父と子のうた』（花神社）
　　　　1992年　『父と子の詩集 ── 夏のうた』（花神社）
　　　　2003年　『時間の原っぱ』（花神社）
　　　　2006年　『明日へ向かう駅』（花神社）
　　　　2007年　『風の駅』（花神社）
　　　　2015年　『その池について』（花神社）
アマゾンキンドル詩集（電子書籍）
　　　　2022年　『少年 ── 父と子のうた』
　　　　　　　　『父と子の詩集 ── 夏のうた』
　　　　　　　　『時間の原っぱ』
　　　　　　　　『明日へ向かう駅』
　　　　　　　　『風の駅』
　　　　　　　　『その池について』
　　　　　　　　『パピルス』
随筆集　2005年　『ひばり鳴く空』（新潟日報事業社）

現住所　〒950-2022　新潟市西区小針6-71-49